D1395204

Ce livre appartient à

_____

La Petite Sirène

D'APRÈS

Hans Christian Andersen

ILLUSTRATIONS

Robyn Officer

Mango

Dans la même collection

Blanche-Neige
Boucle d'or et les Trois Ours
Casse-Noisette
Cendrillon
La Belle au bois dormant
La Belle et la Bête
La Petite Marchande d'allumettes
Le Vilain Petit canard
Les Musiciens de Brême

Adaptation Jennifer Greenway
Traduction Ariane Bataille
© Editions Mango 1993 pour la langue française
The Little Mermaid copyright © 1992 by Armand Eisen
Dépôt légal : janvier 1997
ISBN 2 7404 0233 3
Impression Publiphotoffset - 93500 Pantin

La
Petite Sirène

*A*u plus profond de l'océan, là
où aucun homme n'a jamais pu plonger,
vivaient, dans un merveilleux palais de
coquillages précieux et de perles rares,
le roi de la mer et ses sujets.

Ce roi avait six filles, six jolies sirènes,
dont la plus jeune était de loin la plus belle,
la plus sage et la plus réfléchie.

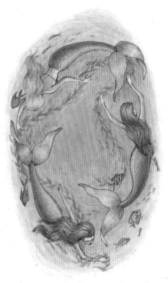

Tandis que ses sœurs s'amusaient toute la journée à se tresser des couronnes d'algues et à jouer avec les poissons, elle préférait écouter sa grand-mère lui parler du monde des hommes.

La petite sirène rêvait du parfum des fleurs car il n'y a pas d'odeurs sous l'eau. Elle fut stupéfaite aussi d'apprendre que les poissons terrestres – c'est ainsi que sa grand-mère appelait les oiseaux – chantaient magnifiquement. Mais ce qu'elle aimait par-dessus tout, c'était entendre parler des hommes qui vivaient au-dessus des flots.

Le jour de leur quinzième anniversaire, les filles du roi obtenaient la permission de monter à la surface de la mer.

Comme elle était la plus jeune, la petite sirène dut attendre son tour avec patience.

Lorsque l'aînée revint la première, elle lui parla du scintillement des étoiles. La deuxième lui décrivit la splendeur d'un coucher de soleil. La troisième fut charmée par un jardin plein de fleurs. La quatrième fut émerveillée par l'immensité du ciel bleu, et la cinquième par les montagnes de glace étincelantes qui flottaient sur l'océan.

Malgré toutes les beautés qu'elles avaient pu découvrir de l'autre côté des vagues, les cinq sœurs de la petite sirène préféraient nettement leur monde sous-marin.

"Je verrai bien par moi-même, se dit-elle, songeuse. Vivement mes quinze ans !"

Le soir tant attendu arriva enfin. Le ciel resplendissait d'étoiles argentées quand elle sortit la tête de l'eau.
Un navire décoré de lanternes multicolores faisait voile dans sa direction. Curieuse, elle nagea jusqu'à lui et jeta un coup d'œil à travers un hublot.

Elle aperçut à l'intérieur, entouré d'une joyeuse bande d'amis, un très beau prince qui fêtait justement son seizième anniversaire. Immédiatement, elle tomba sous son charme.

"S'il pouvait me voir, peut-être m'aimerait-il lui aussi ?" songea-t-elle.

C'est alors qu'une terrible tempête se leva. Les vagues se creusèrent, le vent se mit à mugir, et bientôt le bateau commença à craquer.

"Nous allons couler !" hurla un marin.

Bientôt, le bateau se brisa sous la violence des flots et tous ses passagers furent

précipités à la mer. La petite sirène se réjouit d'abord à l'idée que le prince allait la rejoindre, mais elle se souvint que les hommes ne pouvaient survivre sous l'eau.

Alors, pour le sauver, elle plongea profondément sous l'eau et arriva jusqu'au jeune prince inanimé. Elle réussit à le remonter et à lui maintenir la tête hors de l'eau. Toute la nuit ils dérivèrent ainsi.

A l'aube, la tempête s'étant calmée, la petite sirène arriva près d'une plage que surplombait une petite église blanche.

Elle nagea jusqu'au rivage où elle déposa le prince. Là, elle l'embrassa sur le front, mais il ne bougeait toujours pas.

Elle entendit alors sonner la cloche de l'église dont la porte s'ouvrit. Un groupe de jeunes filles en sortit en courant. Affolée par le son de leur voix, la petite sirène se cacha derrière un rocher. Elle vit l'une de ces jeunes filles s'élancer vers le prince au moment où il ouvrait les yeux.

Très triste, la petite sirène poussa un gros soupir et replongea sous les vagues pour retourner au palais de son père.

Quand ses sœurs l'interrogèrent sur ce qu'elle avait vu, elle refusa de répondre.

Les jours et les nuits suivants, elle ne put détourner ses pensées du beau prince, à tel point qu'elle finit par devenir toute pâle et languide. Désormais, elle passa tout son temps à le rechercher.

Un jour, elle découvrit par hasard une plage au bord de laquelle s'élevait un grand palais de marbre ; quelle ne fut pas sa joie quand elle y vit le prince en train de se promener au bord de l'eau ! Ce palais était le sien.

Le lendemain et les jours qui suivirent, la petite sirène revint l'observer en secret.

Elle l'aimait de plus en plus. Mais elle n'osait pas se montrer car sa grand-mère lui avait raconté que les hommes avaient peur des sirènes.

"Ils trouvent notre queue de poisson horrible, lui avait-elle dit. Pour être beau, il faudrait que tout le monde soit pourvu de ces deux appendices qu'ils appellent des jambes !"

"Ah ! si j'avais des jambes moi aussi, le prince m'aimerait peut-être", pensa la petite sirène.

Elle prit alors une décision terrible.

Dans les grandes profondeurs de l'océan vivait une vieille sorcière aussi puissante que méchante. Elle alla lui demander conseil.

Dès qu'elle eut franchi le seuil de la grotte, la vieille sorcière ricana :

"Je sais bien pourquoi tu viens me voir, stupide princesse. Tu veux des jambes ? Je t'en donnerai, mais tu le regretteras peut-être. Tu seras toujours aussi gracieuse et pourtant, chaque pas te donnera l'impression de marcher sur des lames de rasoir !

– Ça m'est égal ! répliqua la petite sirène qui ne pensait qu'à son prince.

– Autre chose, encore, continua la sorcière. Une fois transformée en femme, tu ne pourras plus jamais retourner chez ton père. Pire encore : si ton prince ne tombe pas amoureux de toi et décide d'en épouser une autre, tu mourras. Dès le lendemain de son mariage, ton cœur se brisera et tu disparaîtras en ne laissant qu'une trace d'écume à la surface des vagues !

– Ça m'est égal !" s'écria de nouveau la petite sirène qui était néanmoins devenue très pâle.

"Mais tu dois me payer, ajouta la sorcière. En échange de ces jambes, tu vas me donner ta voix !"

La petite sirène hésita. Elle possédait la plus belle voix de toutes les créatures de la mer.

"Mais comment pourrais-je me faire aimer du prince si je n'ai plus de voix pour lui parler ? s'exclama-t-elle.

– Tu es très jolie, répondit la sorcière. Sers-toi de ton charme pour le séduire.

– C'est entendu", répondit-elle.

Et ainsi, la petite sirène donna sa voix à la vieille sorcière de la mer contre une potion magique capable de transformer sa queue de poisson en une paire de jambes.

La nuit venue, elle alla, le cœur gros, dire bonsoir à son père, à sa grand-mère et à ses

sœurs. Puis elle partit à la nage vers la plage du palais.

Là, elle avala la potion magique. Aussitôt, elle ressentit une violente douleur, comme si une épée la traversait de part en part, et tomba sans connaissance. Quand elle se réveilla au matin, sa queue de poisson s'était changée en une paire de très jolies jambes ; le prince se tenait à ses côtés.

"Qui êtes-vous ?" demanda le prince.

Evidemment, elle fut incapable de lui répondre. Cependant, elle était si charmante, et ses beaux yeux bleus exprimaient une telle tristesse qu'il eut pitié d'elle et l'emmena dans son palais.

Comme le lui avait promis la sorcière, chaque pas lui procurait une souffrance intolérable. Mais elle était très courageuse et réprima ses gémissements.

Le prince ordonna à ses servantes de lui donner la plus belle robe. Et quand il la vit richement habillée, il la trouva merveilleuse. Mais, incapable de prononcer une seule parole, la petite sirène devait se contenter de regarder le prince de ses grands yeux pleins de tristesse.

"Pauvre créature, lui dit le prince. Si seulement tu pouvais parler. Tu me rappelles beaucoup une jeune fille qui m'a sauvé la vie. Jamais je ne pourrai en aimer une autre qu'elle mais, hélas, je ne la reverrai jamais. Accepterais-tu de demeurer avec moi ?"

A ces mots, le cœur de la petite sirène faillit éclater de joie. Elle aurait tant voulu lui dire que c'était elle qui l'avait arraché à la tempête. Mais cela lui était impossible.

Elle devint néanmoins la plus proche compagne du prince. Elle s'efforça alors de faire tout ce qu'elle pouvait pour lui faire plaisir, mais toujours il lui parlait de l'autre.

"Je ne la reverrai jamais, répétait-il. Enfin, je suis vraiment heureux que tu m'aies été envoyée, belle amie silencieuse."

La petite sirène dansa même pour lui alors que cela la faisait terriblement souffrir. Elle dansait avec tant de grâce que le prince,

charmé, lui demanda de ne jamais le quitter.

Or, un jour, le roi annonça que le prince devait épouser la fille d'un seigneur voisin. Le prince confia à la petite sirène qu'il n'accepterait jamais.

"Je ne peux pas épouser cette princesse alors que je suis amoureux de celle qui m'a sauvé la vie. J'aimerais mieux t'épouser, toi."

Et il l'embrassa sur la joue. Le lendemain, le roi décida de prendre la mer avec son fils pour aller rendre visite à son voisin. Le prince tint absolument à emmener la petite sirène avec lui.

Quand le bateau accosta, le seigneur
et sa fille les attendaient sur le rivage.

Quelle ne fut pas la surprise du prince
quand il découvrit la princesse !

"Mais c'est elle qui m'a sauvé la vie !
Mon souhait a été exaucé !" s'écria-t-il
en sautant à terre.

La princesse était très belle, avec un air de grande bonté. "Ça ne m'étonne pas que le prince soit amoureux d'une jeune fille aussi charmante, pensa la petite sirène. Comment pourrait-il savoir que c'est moi, et non elle, qui lui ai sauvé la vie ? Je dois donc me préparer à mourir."

Il fut décidé que le mariage serait célébré le soir même. Désirant que son amie partage son bonheur, le prince demanda à la petite sirène de rester auprès de lui pendant la cérémonie. C'est donc elle qui tint le voile de la mariée ; elle réussit même à sourire malgré sa détresse tant son courage était grand.

"Demain je serai morte, pensa-t-elle. Plus jamais je ne reverrai mon père, ma grand-mère ni mes sœurs !" Et une larme roula le long de sa joue.

Quand, un peu plus tard, le prince et la princesse se retirèrent sur le bateau qui devait les ramener au royaume du prince, la petite sirène demeura seule sur le pont d'où elle contempla la mer.

C'est alors qu'elle vit venir à elle ses sœurs. Elles avaient coupé leur magnifique chevelure et l'aînée tenait à la main un grand couteau pointu.

"Chère petite sœur, dirent-elles en pleurant, nous avons offert nos chevelures à la sorcière de la mer en échange de ce couteau. Si tu t'en sers pour tuer le prince avant le lever du soleil, tes jambes disparaîtront et ta queue de poisson repoussera. Tu pourras alors revenir vivre avec nous au fond de l'océan !"

La petite sirène prit le couteau
et descendit dans la chambre du prince.
Quand elle le vit endormi à côté de
la princesse, les larmes lui montèrent aux
yeux et elle courut sur le pont pour jeter
le couteau à la mer. Comme le soleil se
levait, elle s'enfonça dans les vagues où elle
attendit la mort. Mais au lieu de disparaître
en ne laissant qu'une trace d'écume, elle se
sentit soulevée dans les airs.

"Que m'arrive-t-il ? s'écria-t-elle.

– Ne crains rien, petite sirène, nous sommes les esprits de l'Air, lui répondit un chœur de voix musicales. Ton beau geste t'a sauvée. Tu es devenue l'une des nôtres.

"Au lieu de mourir, tu voyageras désormais autour du monde avec nous pour y répandre l'amour et la paix."

La petite sirène se sentit inondée de joie. Baissant les yeux vers la mer, elle vit le prince qui scrutait tristement les flots. Elle descendit alors vers lui en volant et lui murmura à l'oreille :"Ne t'inquiète pas ! Je vais très bien."

Le prince sentit soudain un grand calme l'envahir. Quant à la petite sirène, elle s'en alla rejoindre les esprits de l'Air avec lesquels elle disparut dans les nuages.